O menino que parou o tempo

Texto de Pino Gomes e Liliane Mesquita

Ilustrações de Dave Santana

O menino que parou o tempo

Copyright do texto © 2023 Pino Gomes e Liliane Mesquita
Copyright das ilustrações © 2023 Dave Santana

Direção e curadoria	Fábia Alvim
Gestão editorial	Felipe Augusto Neves Silva
Diagramação	Luisa Marcelino
Revisão	Dirce Cronia

Dados Internacionais de Catalogação na Publicação (CIP) de acordo com ISBD

G633m   Gomes, Pino

O menino que parou o tempo / Pino Gomes, Liliane Mesquita ; ilustrado por Dave Santana. - São Paulo, SP : Saíra Editorial, 2023.

48 p. : il. ; 24cm x 24cm.

ISBN: 978-65-81295-21-9

11. Literatura infantil. I. Mesquita, Liliane. II. Santana, Dave. III. Título.

2023-2301

CDD 028.5

CDU 82-93

Elaborado por Odilio Hilario Moreira Junior - CRB-8/9949

Índice para catálogo sistemático:
1. Literatura infantil 028.5
2. Literatura infantil 82-93

Todos os direitos reservados à Saíra Editorial

@sairaeditorial   /sairaeditorial

www.sairaeditorial.com.br

Rua Doutor Samuel Porto, 411
Vila da Saúde - 04054-010 - São Paulo, SP

Dedico esta história a minha mãe, Ida, que me deu
a primeira lição em fotografia.

E também a minha parceira nesta aventura chamada *O menino que parou o tempo*, Liliane Mesquita, que é uma fada, mas insiste em não revelar esse segredo.

Espero que este livro toque o coração de todas as crianças, especialmente das que usam óculos.

— Mãe, essa doutora vai me fazer enxergar direito?

— Vai, sim. Não viu o que ela disse? Vamos fazer óculos pra você enxergar melhor.

Pino e Ida caminhavam cuidadosamente pela rua. Atravessar era o mais difícil, porque ele realmente enxergava muito pouco. Mas iam.

Ele já tinha quase sete anos e nunca tinha enxergado o mundo com clareza. A professora, ao vê-lo espremendo os olhos para enxergar a lousa, tinha desconfiado.

Quando entraram em casa, Pino logo foi avisando a irmã:

— Logo eu vou ver tudinho como você! Formiga, mato e nuvem. Casa, menina e cachorro. Lagoa, gangorra e flor.

Alguns dias depois, foram até a loja de óculos pegar os de Pino. Eram redondinhos, de armação escura, lentes grossas.

Quem olhava de frente via os olhos do menino enormes por causa delas.

Mas ele só via.

Pino via!

Formiga, mato e nuvem.
Casa, menina e cachorro.
Lagoa, gangorra e flor.

O menino não acreditava no quanto era bom
enxergar o mundo todo em todas as suas belezas!

Ida era tão linda! O rosto redondo, os cabelos pretos, a doçura.

— Mãe, você é a mulher mais bonita que existe! — Era do que o menino tinha mais certeza.

Pino também amou as flores, o sorriso da irmã, o horizonte de Jacarepaguá, as nuvens.

Ele via!

Alguns anos depois, vieram de São Paulo os primos de Pino.
Iam todos à praia da Macumba. Pino, os primos e os avós.

E, para registrar o momento, Ida entregou
ao filho a câmera que tinha em casa:

— Filho, você vai fotografar toda a família com a câmera da mamãe. Junte todos bem pertinho uns dos outros. Os mais altos numa fileira atrás. Os menores, à frente. Coloque as pessoas beeeeem no centro do visor.

Depois que estiverem todos enfileirados e organizados, prenda a respiração, não se mexa e aperte o botão! E, principalmente, tome muito cuidado com esta câmera. Ela é muito cara.

Ida embrulhou a pequena Kodak Xereta em um pano. O pano, numa sacola. A sacola, numa fronha. A fronha, numa bolsa. A bolsa, ela colocou no colo do pequeno Pino, como se fosse algo para ser muito cuidado.

Lá se foram Pino, avó, avô e primos. Na praia, o menino era ansiedade e orgulho de si, porque tiraria sua primeira fotografia. Juntou todos. Mais altos, mais baixos, sorrisos, o sol, o horizonte com mar.

Era lindo!

Enquadrou.

Deu alguns passos para trás.

Como havia uma pedra ali, ele decidiu subir a pedra.

Atravessou um caminho raso de água.

Câmera sobre a cabeça.

Cuidado e delicadeza.

Em cima da pedra, Pino viu a praia da Barra.

E ela era tão bonita!

Ele enquadrou a paisagem, sem nenhum dos primos. Sem a avó. Sem o avô.
Mas tinha aquele horizonte! Tão nítido...
Pino mirou. Respirou fundo. Fixou as mãos que tremiam com medo de a câmera cair.

Clique!

Do outro lado, Guaratiba. Pino queria aquela paisagem para sempre com ele. Mirou. Respirou. Fixou.

Clique!

Então, lá estava a família, que, afinal, deveria ser o alvo da fotografia. Pino pediu sorrisos. Colocou todos na foto.

Clicou.

Meses depois, naquele tempo em que as fotografias eram reveladas com muita demora, vieram os filmes vazios e as fotos reveladas.

Quando Ida viu aquelas duas imagens de paisagem, ficou muito impaciente. O filho não tinha feito como ela havia pedido.

E esbravejou:
— Pra que foto de paisagem, meu filho? A gente tira foto de gente.

Dos muito jovens, porque vão crescer rápido.

Dos muito velhos, porque não sabemos até quando estarão com a gente.

É assim que a gente faz, Pino!

A praia da Barra vai estar lá desse jeitinho pra sempre, meu filho!
Seu avô, não! Da próxima vez, fotografe só as pessoas e bem de pertinho!
É o único jeito de parar o tempo.

Parar o tempo...

Parar o tempo...

Parar o tempo...

— Aqui, Pino, o presente da sua avó.

Com sua câmera nas mãos, Pino saiu pela cidade fotografando pessoas. O que ele mais amava era ver o brilho nos olhos delas.

Enquanto encontravam aqueles que amavam...

Enquanto faziam aquilo de que gostavam...

Enquanto descobriam pequenas belezas. Formiga, mato e nuvem.

Casa, menina e cachorro.

Lagoa, gangorra e flor.

Sábia era Ida, que ensinou o filho a fotografar a paisagem dos olhos, além da paisagem do mundo.

O que se tornou seu ofício, seu talento e sua maior paixão.

Foi assim que Pino aprendeu a parar o tempo.

42

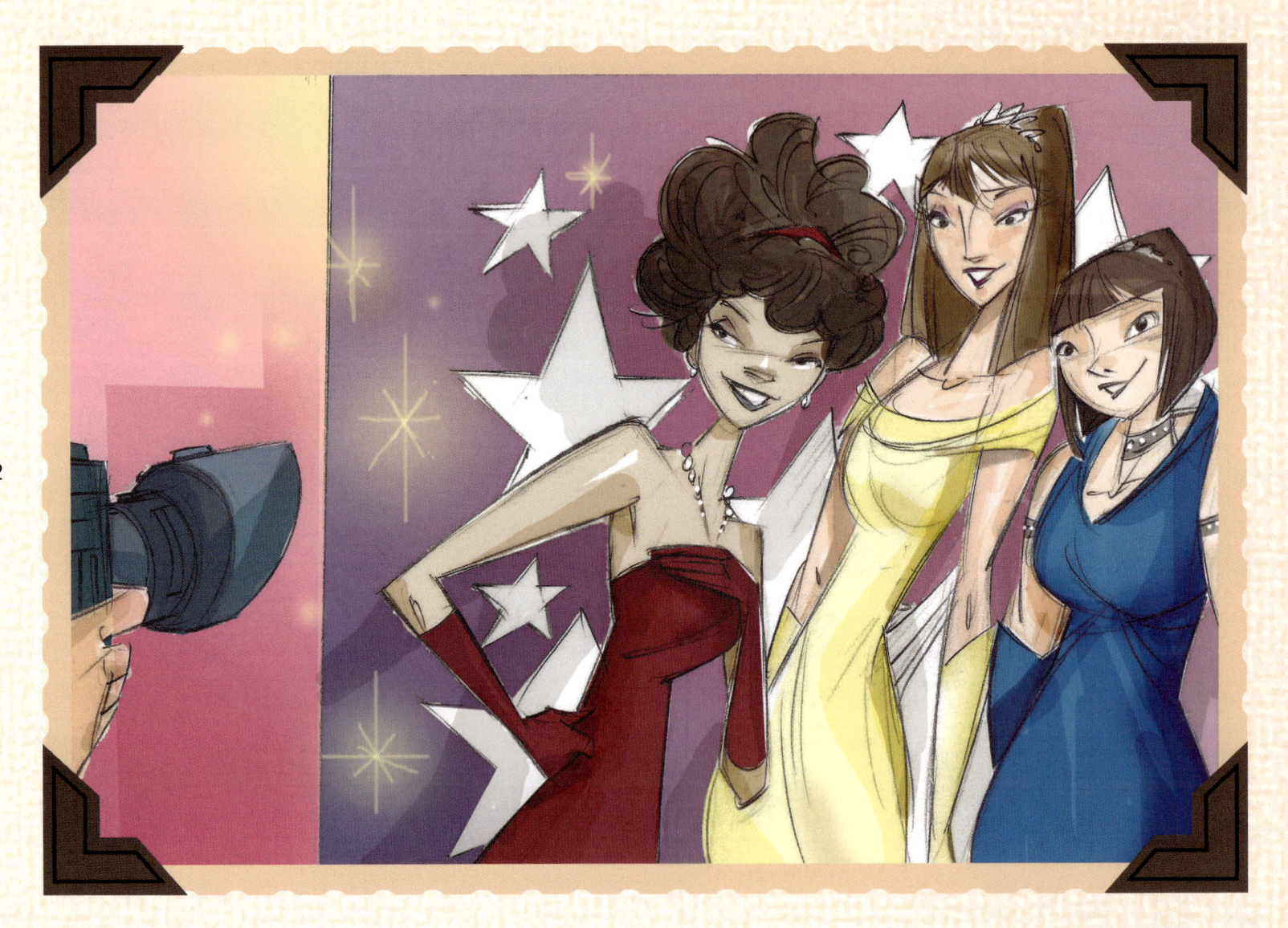

43

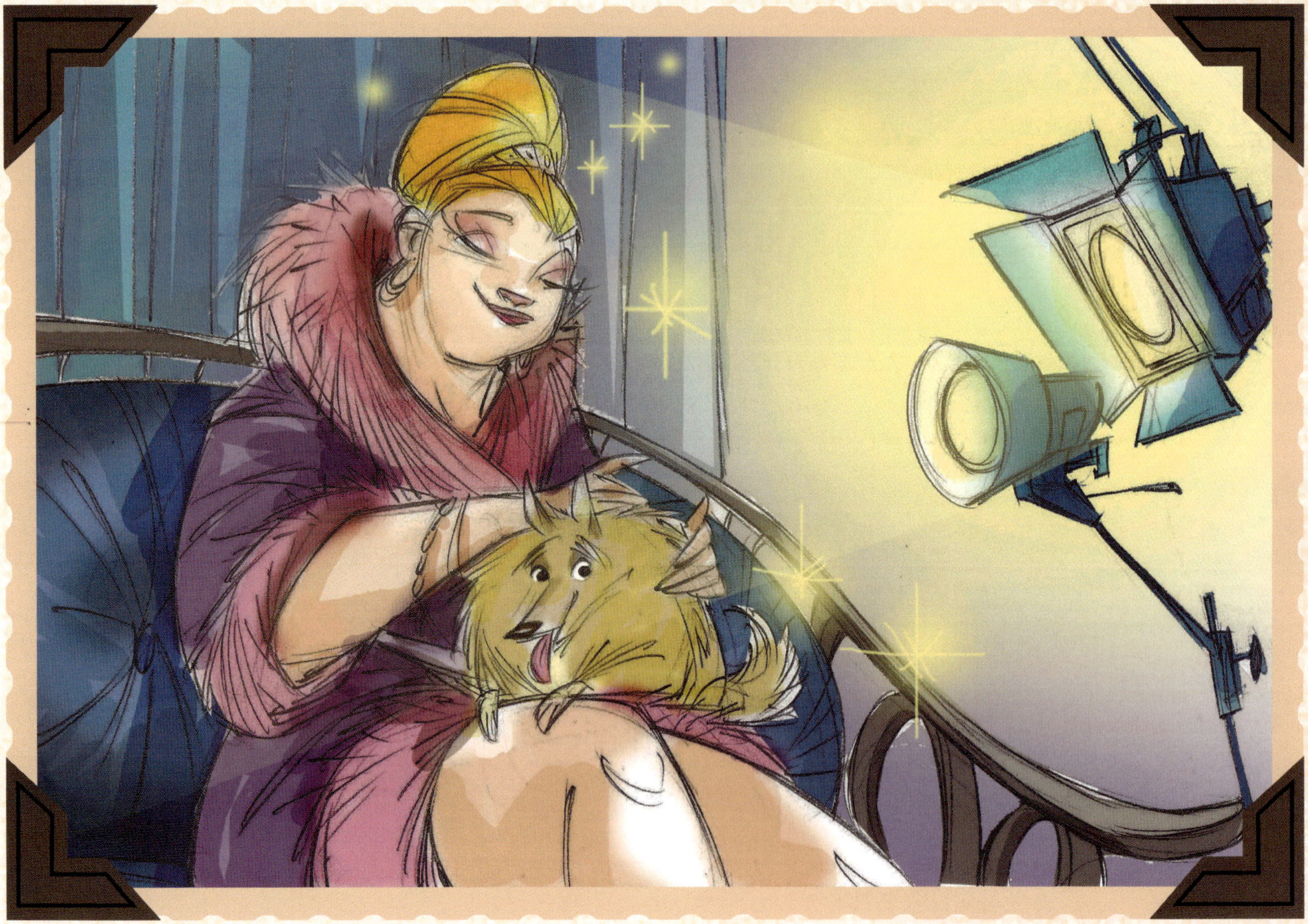

45

46

47

Esta obra foi composta em Segoe Print e Brevia
e impressa em offset sobre papel couché
fosco 150 g/m² para a Saíra Editorial em 2023